AF188053

Corinna Franke

Schmerzen

Corinna Franke

**Schmerzen**

© 2020 Corinna Franke

Herstellung und Verlag:
Books on Demand, Norderstedt

ISBN: 978-3-7504-3275-8

Vorwort

Die in dieser Erzählung erwähnte
Maltechnik nennt sich Encaustic.

Dabei wird Wachs auf einer Art Bügeleisen
geschmolzen und auf Leinwand
aufgetragen.

Teil I

Rosa hustete.

„Aua!", entfuhr es ihr.

Beinahe hätte sie sich an ihrem Maleisen
verbrannt

Sie setzte es ab und ging zur Spüle, wo ihr
Inhalator stand.

Das half manchmal.

***

Rosa beugte sich wieder über ihre
Leinwand.

Sie hatte versucht, ihr Bild durch
Übermalung zu retten, aber es gelang noch
immer nicht.

*\*\**

Es war eine chinesische Gebirgslandschaft
mit einem ganz kleinen Chinesen.

Im Hintergrund war ein lila Berg, im
Vordergrund ein orangener Fels.

Auf dem Fels stand ein Chinese mit Stab.

Unten war Wasser, der Himmel war gelb.

Ein paar grüne Bäume waren schwach zu
erkennen.

*\*\**

Rosa hatte dieses Bild vor zwei Wochen
zügig gemalt, war aber nicht zufrieden
damit gewesen.

***

Rosa hustete wieder.

„Autsch!"

Vielleicht sollte sie doch noch eine
Schmerztablette nehmen.

***

Als das Bild entstanden war, hatte sie einen
kräftigen Husten gehabt, regelrechte
Hustenanfälle, die zwar nicht wehtaten,
aber lästig waren.

Sie hatte keine Lust gehabt zum Arzt zu gehen und sich selbst behandelt.

Dabei hatte sie den Husten wohl verschleppt.

Inzwischen war sie beim Arzt gewesen, der ihr eine Bronchitis diagnostiziert hatte und ein Antibiotikum und den Inhalator verschrieben hatte.

***

Rosa nahm eine Schmerztablette und setzte sich wieder an ihr Bild.

Sie versucht nun, auf dem lila Berg orangene Akzente zu setzten und der Chinese bekam eine Art Strahlenkranz aus gelb.

Die Bäume malte sie schwarz.

Nein, es gefiel ihr immer noch nicht. Sie gab für heute auf.

\*\*\*

Rosa hatte es im Leben zu nicht viel gebracht, nur jetzt, mit 50 Jahren, hatte sie einige Erfolge als Künstlerin zu verzeichnen.

Vielleicht war sie deshalb immer so schlecht gelaunt, wenn ihr ein Bild misslang: Es erinnerte sie an ihr allgemeines Versagen im Leben.

***

Rosa hatte seit Ende der Schulzeit unter Migräne gelitten und musste sich oft mit dem Liegen im abgedunkelten Zimmer begnügen.

Der Arzt verschrieb ihr Valium.

Als es ihr nach ein paar Jahren besser ging, absolvierte sie eine kaufmännische Ausbildung und arbeitete einige Zeit.

Aber diese Art Arbeit langweilte sie und sie war weiterhin unzufrieden.

Dann setzten auf Grund Übergewichts – sie hatte einen enormen Busen, der runterzog – Rückenschmerzen ein.

Sie versuchte abzunehmen, um die Schmerzen zu lindern.

In der Zeit fing sie verstärkt an zu malen.

Das Malen machte ihr Spaß und erfüllte sie.

\*\*\*

Ein kurzer Stich in der Brust, dann wirkte die Tablette und sie hatte ein paar Stunden Ruhe.

\*\*\*

An diesem Abend legte sie sich ins Bett und las in ihrem Buch.

Es handelte von einem Maler, der in zerrütteten Familienverhältnissen lebte und dessen einzige Freude, neben der Malerei, sein kleiner Sohn war.

Sie las das Buch bereits zum zweiten Mal und hatte auf ein kleines Schwelgen in der Kunst bzw. eine neue Identifikation gehofft.

Aber der gewünschte Genuss bzw. Effekt blieb aus, denn erstens musste sie immer an ihr missglücktes Bild denken und zweitens war die Hauptfigur in dem Buch gar nicht so glücklich, wie sie es in Erinnerung hatte.

\*\*\*

Als das Telefon klingelte, raffte sie sich hoch, was einen starken Schmerz in ihrer linken Körperhälfte verursachte.

Nach einem Durchatmen nahm sie den Hörer ab, vernahm aber nur noch das Geräusch durchfallenden Geldes.

„Mist!" murmelte sie, „Und dafür stehe ich extra auf."

\*\*\*

Am nächsten Tag wollte sie in die
Innenstadt und sich die Räumlichkeiten
einer großen Bank anschauen.

Sie nahm vorsichtshalber eine
Schmerztablette ein und die Packung mit.

*\*\**

Die Größe und Anzahl der Wände in der
Bank schienen ihr geeignet, um eine eigene
Ausstellung ihrer Bilder zu veranstalten.

Rosa ließ sich die Telefonnummer eines
Zuständigen geben.

Da Freitag war, konnte sie erst am Montag
bei dem entsprechenden Herrn anrufen.

Sie wartete geduldig, ungeduldig.

*\*\**

Am Montag rief sie bei der Bank an, konnte den Mann aber nicht erreichen und bat um Rückruf.

***

Nachmittags nahm sie sich ihre Leinwand wieder vor.

Vielleicht half es, wenn sie den Hintergrund dunkler und die Bäume weiß malen würde.

Nein, es gelang immer noch nicht.

Sie hatte versucht, den lila Berg schwarz zu machen und die Bäume hell, aber das gefiel ihr auch nicht.

Also malte sie den ganzen Berg dunkelschwarz/lila, was mit dem Maleisen zügig ging.

Bild 4 (Das Missglückte)

Chinesische Gebirgslandschaft mit
Betrachter

Das Bild war langweilig, zu ruhig, der Chinese musste auf jeden Fall noch mal verstärkt werden.

„Aber nicht heute", dachte Rosa enttäuscht.

Das Bild war nicht gelungen, sie bekam schlechte Laune, Selbstzweifel.

„Mehr fällt mir jetzt auch nicht mehr ein. Lass gut sein, Dolorosa", sagte sie in Gedanken zu sich selbst.

\*\*\*

Detail Bild 4

Ihr vollständiger Name war Dolorosa, aber nur wenige nannten sie so.

Sie war einfach Rosa.


Nur wenn sie sich selbst ermahnte oder schalt, bei wichtigen, ernsten Themen, die ihr durch den Kopf gingen, nannte sie sich selbst Dolorosa.

***

Vor dem missglückten Bild hatte sie bereits zwei mittelgroße und ein kleines Bild mit chinesischen Gebirgslandschaften gemalt, die gelungen waren.

Das tröstete sie etwas.

Sie wollte eine Reihe mit diesem Motiv malen und hatte bereits Leinwände gekauft, um ihre Ideen umzusetzen.

Was aber sollte sie machen, wenn die folgenden Bilder auch misslangen?

Selbstzweifel knirschten in ihr.

Unsicherheit, die sie eine ganze Weile nicht gehabt hatte.

Sie war gereizt, auch wegen des Hustens.

Alles schmerzte sie.

\*\*\*

Bild 1

Chinesische Gebirgslandschaft mit
Segelboot (klein)

Bild 2

Chinesische Gebirgslandschaft mit
Wanderer

Detail Bild 2

Bild 3

Chinesische Gebirgslandschaft mit

Fischer

Detail Bild 3

Am folgenden Tag machte sie sich trotzdem noch die Mühe, den Chinesen auf dem Bild kräftiger zu malen. Den Strahlenkranz hatte sie weggenommen.

Mehr konnte sie wirklich nicht machen.

„Vielleicht ist es ja ähnlich, wie mit dem Gemälde mit der Windmühle", versuchte sie sich aufzubauen, „Ich hielt es für verpfuscht, aber viele sagten später, wie toll es ist."

\*\*\*

Abends las sie ein wenig in ihrem Buch.

Der Maler in dem Buch malte unter Anstrengung und war nach getaner Arbeit erschöpft.

Das konnte sie gut nachvollziehen.

Im Gegensatz zu der Aussage eines Künstlerkollegen, der „wie im Rausch malt".

*** 

Der Mann von der Bank hatte sich noch nicht gemeldet.

Rosa ging noch mal zum Arzt, weil die Schmerzen nicht weggingen.

Er verschrieb einen weiteren, stärkeren Inhalator und sprach von Asthma.

\*\*\*

Nach einer Woche hatte Rosa wieder etwas Mut gefasst und nahm sich einen kleinen Malkarton vor und malte in Ruhe eine einfache, aber hübsche, etwas minimalistische Landschaft mit Chinesen.

Das Bild gelang und sie freute sich.

Sie stellte es gut sichtbar hin und merkte, wie sie sich bei jeder Betrachtung mehr entspannte.

***

Bild 5 (Das Bild nach dem Missglückten)

Chinesische Gebirgslandschaft mit
Betrachter (klein)

Detail Bild 5

Der Mann von der Bank rief dann doch noch an, aber machte ihr im Verlauf des Gesprächs klar, dass eine Ausstellung ihrer Werke nicht möglich war, da sie weder ausgebildet war noch gefördert wurde.

Er erzählte ihr von verschiedenen Kunst-Vereinen und sie versprach, ihn zurückzurufen.

Sie überlegte und ließ sich Zeit.

„Ich male ja in erster Linie für mich. Willst Du Verpflichtungen, Dolorosa?" fragte sie sich.

\*\*\*

Am Abend im Bett merkte Rosa, dass sie an diesem Tag kaum Schmerzen gehabt hatte und keine Tablette nehmen musste.

Sie las weiter in ihrem Buch, diesmal mit einem ganz anderen Gefühl, denn nun war sie wieder zufrieden mit ihrer Kunst.

Der Maler in dem Buch hatte sein bestes Bild gemalt, nur leider war jetzt sein kleiner Sohn erkrankt.

An den Schluss des Buches konnte sie sich nicht mehr genau erinnern.

Aber er war irgendwie positiv gewesen, deshalb dachte sie erst, der kleine Junge würde überleben.

Sie las das Buch an diesem Abend zu Ende.

Der Sohn starb.

Aber damit lösten sich auch die Fesseln der unglücklichen Familie.

Der Maler war endlich frei und sah der Zukunft freudig entgegen.

***

Rosa rief den Mann von der Bank nicht mehr an.

„Das ist zwar unhöflich, aber was soll das bringen, Dolorosa?" schloss Rosa und hustete.

Es tat kaum noch weh.

Teil II

Rosa musste husten und bäumte sich vor
Schmerzen im Bett auf.

Seit ein paar Tagen war der Schmerz beim
Husten wieder schlimmer geworden.

Sie beschloss, zum Arzt zu gehen und um
eine Überweisung zum Röntgen zu bitten.

Sie hielt ihre Schmerzen jetzt nur noch mit
Tabletten aus.

***

Was ihre Bilder betraf, so hatte sie inzwischen zwei weitere mittelgroße und zwei kleine chinesische Bilder gemalt.

Sie fand sie alle gelungen.

Mit dem missglückten Bild einer chinesischen Gebirgslandschaft hatte sie sich in der Zwischenzeit arrangiert.

\*\*\*

Bild 6

„Weinender Mann"

Bild 7

Chinese

Bild 8

Chinesische Gebirgslandschaft mit

Segelboot

Detail Bild 8

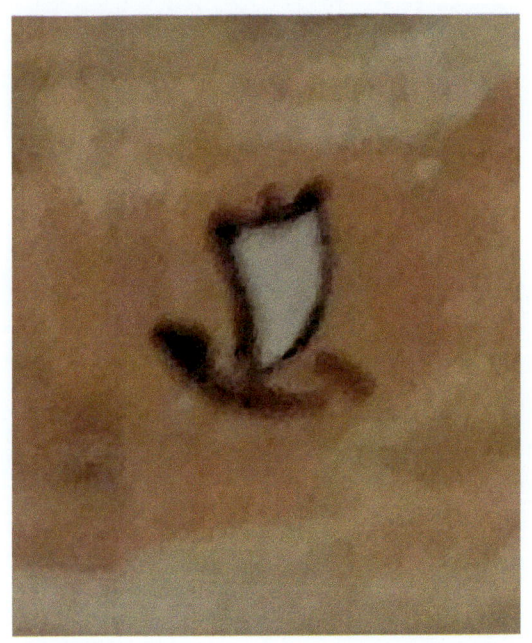

Bild 9

Fels mit Chinese

Nun tauchte jedoch ein neues Problem auf.

Rosa wusste nicht, ob ihre chinesischen Bilder im Allgemeinen gut waren.

Ihr fehlte die nötige Bestätigung.

Ihr Freund konnte überhaupt mit Malerei nichts anfangen.

Ihre beste Freundin mochte zwar ihre Bilder, hatte aber eine Abneigung gegen alles Asiatische.

Ihre Mutter sah in ihren Gebirgslandschaften nur Urwald.

Allein ihrem Vater gefielen die Bilder.

\*\*\*

Nachts lag sie im Bett und konnte vor
Schmerzen fast nicht einschlafen.

Dann stiegen Bilder in ihr auf, wie z. B. das
mit der Kathedrale:

Eine Kathedrale mit hohen Wänden und
vielen kleinen, splittrigen Fenstern.

Oder ein anderes Bild:

Eine feine Dame mit Rüschenkleid streicht
mit einem Schwert über die Saiten eines
Cellos.

Auch an eine Traum-Sequenz erinnerte
Rosa sich, die sie als Gedicht niederschrieb:

Schmerzen

Ich wandele
unter einer Konstruktion
wie dem Eifelturm.

Ich gehe unter
dem Gestänge
der Golden Gate Bridge.

Dann bin ich
wieder zu Hause –
unter der Schwebebahn.

Ich klettere
in einen metallenen Kasten.

Ich bin eingeschlossen.

Erste Schritte hinaus
auf schwankenden Pinsel-Beinen,

meine Füße -
kratzige Borsten.

Ich schaffe ...

Beim Malen der mittelgroßen Bilder, bei dem sie sich über den Tisch bücken musste, bekam sie wieder ihre Rückenschmerzen.

Ein Satz ging ihr durch den Kopf:

„Eine großzügige Frau wiegt man nicht –

sie ist!"

\*\*\*

Rosa hatte sich wieder eine Erkältung zugezogen.

Sie schniefte, nieste und hustete.

Also ging sie wieder zum Arzt, auch wegen des Befundes vom Röntgen.

Soweit sei alles o.k., sagte der Arzt.

Aber nach nochmaligen Abhorchen meinte er, dass man was tun müsse und verschrieb ihr ein weiteres Antibiotikum.

\*\*\*

Nach einer Woche – Rosa hatte inzwischen
ein kleines Bild mit Vögeln und Baum
gemalt – ließen die Schmerzen nach.


Mindestens ein großes Bild fehlt mir noch,
dachte Rosa.



\*\*\*

Bild 10

Zwei Vögel

Rosa war unsicher, was ihre Bilder betraf,
nachdem selbst ihr Künstler-Kollege – nach
einer Enttäuschung – nicht gut auf ihre
Bilder zu sprechen war.


Sie überlegte, ob sie die Reihe mit
chinesischen Bildern abbrechen sollte.


\*\*\*

Als sie jedoch an einem Abend mit etwas Lust auf Malen in ihrem Band „Chinesische Malerei" blätterte, stellte sie fest, dass sie bis auf das große Bild, alles gemalt hatte, was sie reizte.

Also begann sie, das große Gemälde mit Bleistift vorzuzeichnen.

\*\*\*

In der folgenden Nacht dachte sie über die Farbgebung nach.

Es war wieder eine Gebirgslandschaft mit einem Tempel und einem See.

Bild 11

Chinesische Gebirgslandschaft mit Tempel

Das Detail des Bootes auf dem See
beschäftigte sie besonders, da dies das
sogenannte I-Tüpfelchen werden sollte.


Ein Ruderer und eine Chinesin mit langen
Zöpfen und Sonnenschirm.



\*\*\*

Detail Bild 11

Am nächsten Morgen war sie schon 4 Tage ohne Schmerzmittel ausgekommen und malte ihr großes Bild.

Das Detail des Bootes hob sie sich für den folgenden Tag auf.

***

Das Bild war fertig und schön gelungen.

Ihr Freund hatte ihr bei ihrer Unsicherheit geholfen, in dem er gesagt hatte „es ist wichtig, ob die Bilder <u>Dir</u> gefallen."

***

Rosa war fast glücklich, aber mindestens zufrieden.

Nur leider erfasste sie jetzt, nachdem die Bilder gemalt waren, eine fast schmerzhafte Leere.

„Aber auch diesen Schmerz wirst Du noch überstehen, Dolorosa", dachte Rosa

und atmete tief durch.

- Ende -

Nachwort


Das in dieser Erzählung beschriebene Buch
ist von Hermann Hesse und heißt
„Roßhalde".